KB260223

내 스무 살의 꽃잎 하나

내 스무 살의 꽃잎 하나

미래시선 118

내 스무 살의 꽃잎 하나

엄정옥

미래문화사

살아 있는 자연의 재창조

김규동|시인·민족문학작가회의 고문

엄정옥 씨는 원주 태생으로 착실한 기독교도입니다. 그리고 시인입니다.

시를 쓰는 지 한 20여 년은 되었으나 수줍은 탓에 시집 내는 것을 여태까지 미루어 왔다고 합니다.

시인이 반드시 시집을 한두 권 엮어 내야 하는 무슨 규정이나 법칙은 없는 것이지만 시를 쓰다 보면 책으로 묶어 내게 되는 게 관례이고 보면 정옥씨 역시 이 세상의 관례를 무시하지 못하는 것인가 봅니다. 그래서 이 책을 펴내게 된 것이라 하니 어쨌든 장도를 축복하지 않을 수 없나이다.

이를 즈음하여 나에게 추천사 한두 마디 쓰라는 것이나 추천사라는 것은 너무 요란스러운 말이고 다만 시편들을 일독한 소감 정도를 적어봄으로써 청원의 말씀에 보답할까 합니다.

한 권의 시집으로는 조금 많은 시편들이 한데 모아졌습니다. 그러나 오랜 세월 동안 쓰여진 것들이라 어쩔 수 없이 이렇게 된 것임에 우선 안심합니다. 저로서는 다작하는 것을 별로 찬성하지 않기 때문이외다.

엄시인의 시는 어딘지 모르게 숫처녀의 티가 자꾸 묻어 나오는군요.

실제의 연령보다 시는 무척 젊고 여리고 또 앳띤 맛이 있습니다.

사물을 바라보는 시선도 조용하고 또 신선합니다. 그리하여 대상을 있는 그대로 느끼고 그런 가운데서 자신의 감정을 섬세하게 투영하는 것, 이것은 쉬운 것 같으면서 어려운 시작의 한 방법이 아닌가 생각합니다.

자연에 시인이 따뜻하게 안긴다는 것은 인간본연의 순수성이 없이는 불가능한 일이겠지요. 그러나 엄정옥 씨는 시인으로서 자연을 깊이 이해하고 사랑하는 나머지 자연 자체에 침전되어 사고의 날개를 폅니다.

현대에 사는 우리들의 제일 큰 설움은 자연을 망각하고 그것을 상실한 일입니다. 흙은 벌써 아득한 향수로밖에 우리에게 남아 있지 않아요.

고향을 잃어버린 세대들의 허전함이란 바로 자연상실의 고뇌 아닐 수 없지요.

엄시인은 이 설움과 쓸쓸함을 용케 잘 형상화해서 우리에게 아름다웠던 옛 추억을 되새겨 주고 있습니다.

인정에 겨워서 때로 시의 구절구절이 길어지는 일은 있으나 대상을 묘사하는 데 그치지 않고 그것을 육화함으로써 살아 있는 자연의 재창조를 뜻하는 의지력은 대단히 높이 살 점이라 하겠습니다.

한편 시편들을 물들이고 있는 신앙의 때묻지 않은 감성이 음양으로 읽는 이의 마음을 조용히 달래 줍니다.

시인이 시집을 엮는 것은 책이 되어 나온 뒤에 이것을 객관적으로 볼 수 있는 기회가 주어진다는 점 대단히 주요한 일입니다.

이제 이 책을 어느 타인의 작품인 양 관조하세요. 그리고 비평적인 위치에 서서 이 시집을 다시 일독하시지요.

여기서 얻는 이런저런 인상이나 소감은 앞으로의 시작에 크게 도움이 되겠지요.

적어도 같은 제재로 같은 기법으로 시 쓰는 일은 다시는 되풀이 되지 않을 것입니다. 그러므로 이 시집으로 하여 지금가지 걸어온 전과정을 총결산하고 새로운 길을 모색하여 걸음을 떼실 것임을 믿게 됩니다.

서두를 것은 없습니다. 첫시집이 남들에 비해 늦었다고 당황해 하실 것은 없습니다.

또 시집을 많이 내실 생각일랑 하지 마세요. 좋은 한두 권이면 족합니다.

정지용 선생이나 한용운 선생이 시집 몇 권 가졌나요. 또 소월, 이상, 이상화, 임화, 김기림 같은 우리의 선배들이 시집 몇 권씩 가졌던가요.

한 권 아니면 두 권이 고작입니다. 그만큼 시 쓰는 일은 어려운 일이고 완성을 기한다는 진지성과 정성이란 상상할 수 없이 심오한 것이외다.

나는 엄정옥님을 추천하면서 특히 위 선배님들의 조용한 진지성과 지성을 다시금 회상해 보는 것입니다.

참시인의 길은 가까이 있습니다. 위 시인들의 이름을 떠올려 보세요.

가까이 있는 길을 두고 표표히 세상을 떠돌 이유가 어디 있겠습니까.

장한 우리 시단 선배님들께 묵념함으로써 이 글을 마감합니다.

2001년 11월

지나온 나의 생각을 추슬러
한 권의 시집으로 묶는다
새천년까지 와서
시인으로 등단하고
산다는 감회 또한 감사하다
시는 나에게 있어
내 가난한 영혼의 고백과 성찰이며
살아 있음을 확인하는
내 삶의 고뇌와 기쁨이다
비록 어설픈 집이나마 한 채 지어
주변 사람들에게 나누고
따뜻한 시집으로 기억되면 좋겠다

새천년
남양주시에서

엄정옥

차례

1

소나무 그늘에 앉아

가슴에
솔바람
잡힐 듯 잡을 수 없는 그대

내 스무 살의 꽃잎 하나

꽃봉오리
터지는 소리가
산골짜기를 울린다
크고도 조용한 흐름
멀리선 나를
그 소리에 끌려
꽃잎처럼 안고 싶은,

그대 가슴속
향기 되었는데
우린 아무 것도
일어나지 않는다 그대는
흠과 티가 없어야 해

꽃잎 하나의
부드러움
손 위에 올려
향기 스미여 오는데
내 마음 어쩔래

꽃잎은

꽃잎으로 피고 지고
피고 지네

새벽 이슬 머금고
흠과 티 없이
내 스무 살의 꽃잎처럼
나 살고 싶었지

청학리 동산

청학리 동산은
나를 불러내어 숲으로 가서
온갖 식솔들을 소개시킨다

거기 서 있는 나무와 꽃들
여러 모양의 풀들과
가난한 영혼을 바람 속에 말하는
다람쥐 같은 산 친구들

나는 산 친구들에게 기대어 서니
누군가 세상사는 지혜를
속삭여 주는 것 같다
삶은 비울 때 충만한 것
충만한 것은 나누는 것임을

내가 그것을 알고 나서부터
청학리 동산이 부르는 손짓을
나뭇가지 위를 건너뛰는 새처럼
즐거워하며 고대하게 되었다.

군자란

오랜 적막함 깨뜨리고
하룻밤 사이에
한 줄기 살점을 찢으며
노란 목젖 드리우고
일곱 개의 수술대들은
겨우 겨우
마침표를 찍었네요

꽃 턱 하나에
열일곱 송이 자황색 꽃들은
어디에 숨었다가
홀연히 핀 가슴 여밀고
빙그레 웃다가
파르르 떠는가

어두운 세상에서도
끝내, 못 잊을 당신이라고
죽어서도
향기 없는 꽃 되어
그대에게 속삭여 주네요

그늘 벗은 군자란은 내 가슴에도 피어
새벽을 기다리는 세월 내내
눈부신 빛으로 노래하고 싶어요

행운목

멀리멀리 갔다가
가끔 그는 못다한 사랑 아쉬워
달콤한 꿀을 가지고 찾아온다

유리잔처럼 차고도 맑은
슬픈 눈망울
초록 이파리에 감추고

나의 숨은 내막
뼈에 사무침 속속들이 알고
어둠을 밝혀주며 꽃들은 온몸을 곳곳에
밀어내며 슬픔을 씻어준다

나도 누군가에게
잊혀지지 않는
꽃 향기였던 적이 있는가
누군가에 다가가
그리움을 밝혀주고 싶구나

행운목은
나에게 고함치도록 행복하지 않는가고 묻는다

산

나하고 친하고 싶어
기슭을
나의 방에 끌고
들어오는가

나를 유혹하여
달팽이처럼 슬슬 기어
봉우리로 오르고
올라가는데

생살 찢어지는
연두빛 사랑
실컷
살펴보다
고개들고 보니

산은 산이었고
나는 나
그는 그였으나

나뭇잎 옷 입혀 주는 이는
나 안에 계신 분
산보다 크시도다

은행나무 그늘에 앉아

외롭다고 생각하는 사람은
은행나무를 찾아오셔요
당신의 눈물
아무도 몰래 바람에 날려 마르게 하려는 사람은
오백 년 수령을 자랑하는 은행나무 그늘에 앉아
쓸쓸한 바람을 안고 외로움 즐겨보셔요

나무 팔 한쪽이 폭격 맞았나?
땅 밑으로
내려내려 가다가 땅에 거의 닿을쯤
다시 치고 올라 올라가 브이(V)자로 굽어져
많은 나뭇잎 맺고는
저를 찾아 온 손님에게 나뭇잎 손수건을 꺼내
외로움과 눈물을 닦아주는
둥지를 튼 새들도 주위를 맴돌며 당신의
친구가 되어주는 은행나무

나뭇잎 사이로 맑고 눈이 부신
반짝이는 햇살을 바라보노라면
세상은 얼마나 아름다운가를 알게 되죠

늦더라도 청학근린공원에 있는
은행나무로 오세요
외로운 당신을 안고 펑펑 울어도 주고
먼 길을 같이 동행하고 싶어
늘 기다리고 있다나요

눈

아파트 베란다 공중에 서서
송이송이 눈송이를 손바닥에 받는다

그린 공원 동산과 무덤
가로등이 서 있는 두 갈래 길에도
눈송이가 솜덩이처럼
매화송이만큼 휘날리더니
온 천지가 하얀 나라로
흰 꽃들이 피었다

한 발자국도 흔적이 없는
하얀 나라 저 운동장
그대로 멈춘 상태에서
살 수 있다면
흰옷 입고 즐겁게 내려오는 눈을
두 손에 꼭 움켜쥐고
얼굴 가슴에도 넣어 보다가
허공에 날리는 눈송이를 받아
입에 넣어 삼키기도 하며
뛰어 놀다가 발길을 멈추고
눈 속에서 딩굴고

뒹굴다가
누가, 나를 그대로 굴리고 굴려
흰 눈사람이 되고 싶다

두 눈사람이 되어 그대로 멈추었으면
여보! 나 저 운동장에 내려가서 걷고 싶어!
자정이 넘은 시간에 당신 미쳤어! 제 정신이야!

지난겨울

지독한 폭설 속에서
동백 한 그루
서둘러 꽃 피우려
가지에 상처를 매달고
가슴 찢는 듯 새빨간
꽃망울 터뜨렸는데
수심 띤 붉은 피를 토하고
자꾸만 누구에게 눈물을 보이는가

아직도 피려다 떨어지고
또 떨어지고

체념보다 깊은 나의 사랑 그림자는
꽃 피기를 계속 했음이더냐

어쩌지 못하는
온몸을 감도는 그리움
보라빛 내음은
나를 향하여
내년에도 동백 꽃잎 붉은
핏빛으로 피어나
나의 영혼 피를 토하듯
다시 타오를 수 있을까

폭 설

1
은박 눈송이 나풀나풀 거리며
수천 번 우회 살포시
내 가슴 깊이 내려앉는다
세상은 눈 속에 다시 태어났다
폭신한 양탄자
나목 가지에도
근사한 걸작은 삼십이 년 만의 폭설

차들이 신호등 몇 번 바꾸어도
눈 속에 바퀴가 빠져 살아 나오려고 안간힘
헛바퀴만 돌리고
트럭 한 대가 술취한 사내같이 갈지자로
눈가루를 폭포수처럼 뿌리며 미끄러지니
뒤따르던 옆에 가던 차 휘둥그래진 눈
산자락을 기어오르던 바퀴가 미끄러져
설 줄을 모르니 겁에 질린 사람 몰려와
차를 붙잡고 놀란 가슴 경적을 울려댄다

살기 위해 붉은 후미등 밝히고
마음에 숨겨 두었던 비상 벨 울리며
어디론가 흘러가고 있다

눈 속에 잠긴 거리는
가련한 많은 사람을 싣고

2

병원 경비 서너 명 눈을 쓸며
오메! 고마우셔라
없는 사람들 떡 해 먹으라고
쌀가루를 하늘에서 뿌려 주신다야
얼른 가져가 떡 해 먹자네
내두르는 사내 빗자루 팔에 힘을 가한다

3

병원 창가에
고드름이
햇빛을 가해 오색 다이아몬드 물방울 되어
나를 따가셔요 나를 데려가
같은 산 바라보며 예까지 온
부인에게 다이아몬드 반지 하나 해 주세요
살래살래 머리를 흔들며 신호를 보낸다

소나무 그늘에 앉아

소나무 그늘에 앉아
하늘 강 보니
솔바람 가슴에 불어오네요

가슴에 남은
솔바람
잡힐 듯 잡을 수 없는 그대!

숲 속 길을 둘 만이 걷고 싶어하던 시절
모든 것 다 주어도
채울 수 없어 애태우던 그가
복잡한 낯선 얼굴로
바람 불면 흔들리는 나뭇잎도 되었다가
산적 두목같은 사람 아니면 아무것도 아닌

영원히 나 혼자 가질 수 없는
새처럼 불행하여 가끔 어디론가 흔적없이
날아가고 싶어하나요

눈물진 눈짓으로만 반짝이게 하는 그대는
꽃향기로 다가가지 못하고

늘 부재중
나만의 사람으로 지명수배 할까요

소나무 그늘에 앉아
하늘 강 보니
그대 얼굴 가득하네요

어린 소나무

아침저녁 나를 따라다닌다
정을 나누고 싶었던 게지
노래 불러주는 친구와
날마다 그 자리에 버티고 서 있는
사랑하는 이들 마다하고
나를 콕 집어
끌어당겨
모든 것을 고백하고
너에게 몰입하게 한다

키가 자라는 모습이 대견했는데
산에 다니는 사람 불편하다고
너의 양팔 날개를 싹둑 자르다니
드러나는 하얀 속살과 뼈
떨리는 어둠 속에서
휘고 깎이는 아픔
왜, 무섭고 두렵지 않았겠니

내가
너의 아픔을 안다
그래, 너를 안다

아픔을 이기고
머지않아 밝은 날 어깨와 가슴에
더 많은 솔잎, 솔방울 달고
웃고 있는 너를
내가 볼 수 있으리라는 것을

나뭇잎·1

홀로 태어나
떨어져
살다가
홀로 져야 하는

마지막 잎사귀 낯 잎이
싯누래져
파들대며 빙글빙글 돌다가
펄펄 날아 땅으로
내동댕이친다

추운 바람 다 가고
아지랑이 피는 날

꾀꼬리도 와서 울면
새색시처럼
한 잎 한 잎 돋아나
온 우주 공간을 흔들며
즐거워하리

나뭇잎 · 2

그대를 바라보니
눈물샘 멈춰버려
숲 속에 닿고 싶어서
푸른 잎새 살포시 안아 본다

사냥한 언어를
첫 독자인
신선한 녹음에게 속삭여 주고
그에게 귀를 기울인다

시로 지은 밥
나의 이야기 담은 국 한 그릇
오밀조밀 언어탐구 반찬
진수성찬 먹이니
나뭇잎은
초록배가 불러
시 향기에 취하니
그대는 두 눈 부릅뜨고 서서
나의 스승이 된다

나의 텃밭

노는 땅에 주인 허락 없이
땅을 갈아 고랑 만들고
막대기 세워 줄 치고 아무도 손 못 댄다
여기는 나의 텃밭
혼자 계약서 도장 찍는다

모종 새순 한 잎 한 잎 눕혀서
흙으로 나머지 순은 세워서 모종한데
콕 찍어 먹혀 싶어 안달할 새파란 고추
나의 다리 같은 조선무를 심고 싶었는데
모종한 고구마 이파리에 빗방울이 내리려나
빗방울 굵어져 가냘픈 것 쓰러지면 어쩌나
저무는 저녁 텃밭을 떠날 수가 없다

눈만 뜨면 나의 식솔들에게 달려가
별일 없었냐 샤워시키고 밥도 주지만
햇볕이 뜨거워 어린 것 화상 입고 쓰러지지 않았나
새순이 뿌리 내려 많은 열매로 영양을 모아
살찌우기가 무척 힘겨운가
깊은 뿌리 내리지 못하는 그대가
새침한가

당신과 나의 마음
텃밭을 만들고
한 그루 나무 다시 심어 보세요

그대 닮은 나무

산모퉁이에서
그대 닮은 나무를 만났다
이내 몸이 달아오른
우리는 말없이 산을 바라보는 것 즐겨 했다

그가 어느 날 앞질러
사랑을 말해버린 순간
그가 싫어졌다
한평생 그리움이 달아나
그를 미워하며 살 것 같은 예감 때문
신실한 우정을 유지하기 어려워
그녀는 나무를 흔들고 지나가는 바람
스쳐가는 인연이 되기로 했던거야

불같은 나무는 뿌리째 뽑히어
네가 네가 나뭇잎 다 떨어진 흙이 되어도
너를 기다리고 기다려주는
해바라기처럼, 잊지 말라던
그때 그 나무는 집착증 중증환자였을까

평생을 미워하며 사느니
한세상을 단 한 번

그리워하며 살고 싶다던, 그 여자는
그때 그 나무가 뿌리까지 죽었는데
갑자기 왜 어른거리며 궁금해졌을까

그때 그 나무가 심봤다 아니면
구세주가 아니었을까
그녀는 멈춰 서서
세월 가는 소리 듣는다

나뭇잎 썩는 냄새

산 위에 올라
나뭇잎 썩는 냄새 맡는다
가슴속 깊은 고요
쓸쓸함은 나를 닮았구나

죽었다 살아, 또 다시 죽는
가여운 넋
저들끼리 누런 삼베옷 입고
잎새의 눈 뼈마디마디는
대구르르르 굴러가

아, 짧고 긴 여행
죽음은 보드랍고 향기롭다고
친구 모두에게 몸을 둥글리어
흙 대신 나뭇잎 무덤 만들어
따뜻이 덮어 주고
어두운 늪으로 삭아 가는구나

이 깊은 내음 어디까지 닿는가
생명 그 원천
나뭇잎 썩는 냄새는 새 생명의 빛
부활의 냄새 아닌가

잡 초

뾰족뾰족 온몸으로
제 몸을 밀어내는데
언 땅 밀고 나오는
절대적인 힘

보이지 않는 순간의 힘으로
땅 위를 들추며
아기들을 낳는다

초록아기
무리들
사람들이 밟는다

아파하며 울고 있나
밟힐수록
구근이 된
파릇한 새순

돌의 침묵

돌 바라보고
앉아서 돌이 되는데

동글동글 나를 짜 맞추어
강변 한가운데
엎어트려 놓고
뒤돌아보며
굴러가지 마라 하네

내 마음대로
꼼짝 못하게 얽어 매여
나에게 가르쳐
앞만 보며 굴러가서
잡히지 마라 하네
소유하지 마라 하네

이리 차이고
저리 밟혀도
돌로 살고
돌로 빛나네

바람과 나

들풀과 꽃 위를
바람이 지나가며
티끌같이 흩뜨려 놓았다

풀잎에 맺힌 이슬 방울아
너는 누가 낳았니
너 있었던 곳 알기나 하니
우리 모두가 먼지처럼
떠날 때 뒷모습은
산 길 내려가는
솔바람을 닮지 않았을까

돌아가야만 한다기에
그대 야위고 슬픈 어깨가
들먹이며 들먹이며
희고도 푸르다
솔바람은 제 체질과
제 있었던 곳을 알기나 할까

바람은 꽃이 되어
불타고 타고 싶었지만
바람 그대로 아무것도 되지 못한 채

오래 된 질그릇같이 말라서
손끝만 시려 온다

들꽃의 신음

아무 것도 아닌 듯
아무 것도 할 수 없는
들꽃 하나가
바람에 뽑혀
천길 낭떠러지
수렁에 빠진다

겁에 질린 들꽃
가는 길
앞은 안 보여
끝까지 갈 수 없네

낮은 곳으로
더 낮은 곳으로 자꾸만 흘러가는
휘청거리는 발걸음
솟아오르는 산봉우리 보이지 않네

안개는 걷히며
희미한 봉우리 솟아오른다
다시 일으켜 세우신
들꽃에 입힌 사랑

들꽃으로 산다

내 사랑은
솔바람 곁에
이름 없이 피어나는
들꽃으로 산다

외로움 속에
시심詩心의 향기는
하늘이 주신
지혜의 방으로 스미어 오고

언제나 이슬 먹은 솔숲을
해뜰녘이거나
저물녘에
나, 온 몸을 흔들며,
들꽃으로 춤을 춘다

보아주는 이 없고
찾아주는 이 없어도
초원의 바람 가득 안고
내 사랑은 들꽃으로 산다

허브에게

멀리서 향기로
그대에게 다가가고 싶어
향기와 향기가 진동한다

그 향 닮은
누구인가를 찾으려고
웃음 한 아름 훔쳐 나간다
나의 처절한 가슴 안아 줄
나의 꿈 찾아 먼 길 오른다

잔잔한 나의 마음 바다에
타는 불길
꽃향기 활을 당기었다

그대 외로운 마음
풀 길 없어
사위어가는 불길 켜지 못했다고
꽃향기로 내게 번져 왔다

불꽃놀이는
미칠 듯 감돌며
내 몸 속에서 산다

바다에서

모래를
손에서 털어 낸다

달려오는 파도
튀는 물보라
하얀 조개가 외로워
퍽퍽 넘어져 우는데,
누가
내 울음을 달래주려나

갈매기가
끼억끼억 울어대더니
나의 몸부림 입에 물고
노을로 날아가 버렸다

나 위하여
두루마리처럼 올려진 기도
나의 가슴앓이까지도
입에 물었다

2

거울을 보며

다시 지울 수 없고
오랜 기억으로 되돌릴 수 없는
거울 속 나는
햇살 아래 어떤 모습으로 있나

전철 안에서 · 1

전철 안에서 한두 사람씩 내려도
종착역까지 가는 내 앞 그 사나이
사람 잘못 골라가지구
나, 시청 아니야, 영등포도 아니구!
다른 사람 찍어 그 앞에 가서 서 있어라고
눈치를 몇 차례 주었다

그는 알아듣지 못하고
나를 노려보고 허리를 비틀며 인상만 푹푹!
너, 인생길
줄 잘못 섰어!
진작 말해 줬어야 하는데, 눈치는 없어 가지고

지독한 계집, 어디까지 가나 보자
내 판단 내 선택
오기로 이기기라
사내는 내게 눈을 부릅뜨고
객기를 부린다

그 사내는
물망초 설움을 안고 사는
내 뜨락에 줄 잘못 선 누구와 똑같았다

전철 안에서 · 2

계단 모퉁이
뻥튀기 과자 찹쌀떡 할아버지
꾸벅꾸벅 졸고
계단 내려오면
지체 부자유 아저씨 동전 몇 잎
담겨진 바구니가 가여워
발걸음 빨리 재촉한다

지하철 안
곰국 올려놓고 그냥 온 것 아닐까
샤워하고 수돗물 잠그지 않았지
빨래 다리고 플러그 빼지 않고 왔나
세탁기 물 틀어 놓고 그냥 왔지
청심환 사서 엄마한테
제기랄 그이는
서너 시간 째 어디 간 곳을 몰라

책 속을 훔쳐보던 사내
왜 그런 시를 읽어요?
저자 최승호 님 그 시가 이해가 되요?
문명 비판시 죽음, 정치시도 읽어야
시 균형이 잡힐 것 같아서요

무식하게 생긴 기집애 유식한 척은

어느 역에서 타셨을까
할머니를 외면한 채
옆에 앉은 멋쟁이 여자
입 벌린 가방과 함께 무아지경
학생들 감자에 싹이 나서 묵지빠 묵
나 또한 무거운 짐 무릎 위 올려 놓고
애써 오지 않은 잠 청하고
눈치만 살핀다

비겁한 예비 노인
그냥 시계를 본다
결혼식 25분 늦었다
어떡하나? 전철아 날아라

가출 · 1

　매일매일 가출이 시작되었다 알고 있는 것들을 벗어나 길을 찾아, 길을 만들어 방황한다 시간의 그물 속에서 허물어지고 싶어, 산 위에 올라 팔 벌려 하늘로 올리고 자작나무 느릅나무가 되어본다. 아, 바람은 시무룩한 내게 온 몸을 간지럽히며 웃어봐, 웃어봐! 처절한 슬픔 내가 가져가지 한번 더 크게 웃어봐! 허허로움이 살아졌잖아!

　멀리서 보면 때로는
세상이 따뜻하고 사랑스럽다
배시시 깨어난 아이처럼 세상은
나를 향해 웃음 지어 보이고 있다
나를 향해 눈부시게 한다

가출 · 2

새들과 벌레 숲들이
산등 끝머리에 노을을 쓸어모아 안고
놓아주려 하지 않는다

걷던 걸음 멈추니
이름 모를 새 한 마리 어딘가 숨어서
뽀뽀, 뽀뽀, 뽀……
아, 예쁘게도 나에게 인사
아니면, 사는 일이 적막하냐고
나도 적막함 들판 끝에 날려 보냈다고

지저귀는 제 마음 눈치챘다고
뽀뽀, 뽀뽀, 뽀……
다시 부끄러워 숨었다

한참을 걸어오니 다시
내 옆에 따라오며
뽀뽀, 뽀뽀, 뽀……
그래 나하고 자진모리 스타카토로 뽀뽀 하자구
어느 날 내가 놓친 시심을
새 한 마리가 산등 끝머리 쏟아 놓는다

가출·3

내가 지루하거나
외롭고 아파할 때
누군가의 가슴에 안기고 싶어할 때
산은 진초록 옷소매 흔들어
삶에 지친 나를
포근한 어머니 품같이 꼭 안아준다

들꽃들은 날마다
새롭게 피고 지고
너의 외로움이 이다지도 커져서,
이루지 못한, 그리움이 그리 깊어
오늘도 산 속에 몰래 피어
누군가를 기다리고 있나

산봉우리 너머 불어오는 솔바람에게
산은 혼자 있어도 울적하지 않았다며
내게 귀띔해 주니
수술할 수 없는 우울한 마음의 거울
고질병을 맑게 씻어
멀리 멀리 날려보낸다

맞은 편 산봉우리들이 목을 길게 뻗는다

가출·4

산 위에 올라가
세상을 바라다 봤지!

깨알 같은 이름들 다 잊고
나,
니뭇잎 되어
일렁일렁이며
산등머리에서 오래오래 머물고 싶네

숲 속 들풀
산새들
몸 비비며
삶에 지친 물거품 같은 세상 다 잊고
당신 품에 안겼다가
떠나지 않아도 될,
당신 속에 묻혀 살았으면

이 한 밤도
나를 둘러싼 숲이 보인다

가출 · 5

그대 품에 안겼다가
산등성을 내려가는데
노을이 술렁술렁 배웅을 하네요

나뭇가지 사이로
얼굴을 내민 찬연한 노을
부끄러워하는 것 놓치고 싶지 않아
살며시 묶어
나의 가슴에 숨겨 두었네요

심상치 않은 날씨
산봉우리 올라와
어제 감추었던 노을
다시 펴 보니
아! 하얀 눈물로 삭아서
나뭇가지를 이리 저리 씻어주네요

나의 가슴 붉은 노을은
산 하나
안을 수 있는
산사람 되어 헤메이나 봐요

나 홀로 나도 속초에

검푸른 바다 위를 걸어 보라고
손짓 한다
숨 가쁘게 서둘렀지만
짜릿한 내음을 혓바닥에 핥아 확인한
저녁 아홉 시
순간 집착 얽어매었던 무수한 것들
파도에 벗어 던져 버리고

그 밤
폭풍우는
나의 침실 넘실거리며 세차게 밀려와
뜻 모를 도둑에게서 헤어나지 못하게 하더니
인생에서 풀어내지 못한 숱한 어려운 가슴앓이
질펀하게 널려있는 내 응어리들 안고
먼 나라로
먼 나라로 밀리어가서 예까지 왔나

검푸른 바다 바람에게
헝클어진 머리칼
나의 머리카락 한 가닥 남기지 않고 휘날리게 하는 것
길 없이 가는

맹목의 그림자를 다 넘겨주고
가벼운 편안함이 밀려왔다

하늘 별빛들
검푸른 바닷물도
한 바가지 푹 퍼 가지고 가서
어려울 때나 때때로 펼쳐보리

수족관 인어

서울에 사는 인어를 보셨는지요
수천만 마리 인어 떼를
서울시 수족관은
물의 오염으로
속을 다 뒤집어 놓은 곳이지만
그 수중을 떠나면 죽는 줄 알고
아푸아푸 하면서도
살기 위하여 갇힌 인어 말이지요

인어 떼들은
이 세상이 아닌
그곳에
가장 멋있는 자태로
사십 고개 이십 고개 태어나기도 전
물장구 치던 어머니 몸 속을 넘나드는 거지요

영원한 본향
당신의 양수 속 같은
남태평양 바다에
사랑의 샘 속으로 가는 거지요

내 눈가에 주름 잡히고
아이들 커 가는 동안
자꾸만 자꾸만
어머니 품속 그리워지는
수족관 인어 닮아 가네요

침묵의 언어

어머니 딸은 아내 되고
아들의 어머니 되어
거울 속 가만히 들여다보니
나와 똑같이 복제된 흰 그림자는
무엇을 어디다 잃어 버렸을까

허상에 매달려 살아가는 것
실컷 아파하며 외로워
저편에 홀로 서서
침묵 속에 숨어 버린다

오늘은 더 낯선 사내를
흔들리는 이파리에 맡기고
젖은 눈망울을 내밀어
모두에게 침묵하니 창밖은
안개가 하염없이 흐른다

내가 마음껏 울지 못하는 까닭은
침묵 속에
아직 태어나지 않은 기쁨이
샘물처럼 솟을 줄 믿기 때문이 아닐까

잎새 다 버린
나뭇가지 사이로
침묵의 언어는
햇빛에 반짝인다

집 착

불쑥 떠나고 싶건만
마음을 비우고
진종일 바다하고 놀기로
욕실에 물 가득 받아 들락이며
추암 촛대바위로 넘나든다

경계를 몸으로 지을 수 있음이
그곳에 가고 싶어서이다
벽에 걸린 그림을 보니
왜 바다 색은 때때로 변할까
파랑 옥색 진북청색 어쩌면
회색 바다는 그대를 닮았다

바다가 거칠어지며
눈송이를 흡수하고
그 흡수하는 가장자리 촛대바위 주위로
봉분 없는 공동묘지를 이룬다
바다 물결을 닮은 그대
가지 말라고 가지 말라고

이제는 바람같이 휘이 떠나보내며
놓을 때가 된 그대

기억을 지우고
가슴에 장례식을 치른다

하나 둘씩
먼지가 되어버린 발자국을
바다 위로 되돌려 떠나 보낸다

내 병명은

내 병명은
가슴에 깊은 상처
마음에 슬픈 노래

내 병명은
생활의 폭포수 눈물
아픈 훈장

내 병명은
나를 힘들게 했으나
얻은 것 더 많아지게 하였네

아,
아직도 내 병명은
나를 죽이고
새로운 아가로 태어나게
재도전시키시네

C509
그 병명은
내 정겨운 친구

폐차 처분

깨어져 사용할 수 없는
그릇처럼
박살내어 버린 듯
사고 난 차 고치는데
버거우면
폐차 처분해야겠지

감쪽같이
주름살 늘고
찌그러진 나의 몸
누가
자동차처럼
펴 줄 수 있을까

오늘도
변함없이 석양은 지는데……

영원한 서른아홉

아직은 서른아홉
사십 줄을 부인하며 오 년을 버티었지!
자신의 나이를 거역한 사십 줄의 해

새침한 나는 아직도
사십 줄은 내 집은 아니라고
손을 내젓고 싶지!
내 얼굴에 책임을 지기 싫어하던 중순 어느 해
나의 허락도 없이 아픈 손님이 찾아와
이리저리 끌고 다니더니
내가 알지 못하던 그곳에서
많은 것을 경험케 하고 성숙케 했지
그래 이제 삼십구 세의 오 년 동안
상처를 아물게 해주렴!

믿거나 말거나 이제는 사십삼 세라고
버티어 오 년만 내가 받아들이자
나의 순응의 흔적
결 따라 길 따라 살아온 몸
몇 세라는 것 기억하기 싫을 때
젓갈의 곰삭은 여자가 되어 있었으면
심각한 맛을 지닌

소금의 쓰라림 만으로 익혀져
살려 내는 그러한 나이 많은 여자

오늘 내가 숨쉬는데 몇 세가 왜 중요할까
잊고 살고 싶은 나의 가슴은 까만숯덩이
다이아몬드는 숯 중에 숯
난 나의 정확한 나이를 잊고 산다

거울을 보며

파르스름하던 나뭇잎
비바람에 흔들려
내 마음 같이
설 바를 몰라 하는데
하늘은 다시 햇살 가득하다

오늘 같은 날
거울을 보며
머리를 정성스레 빗는다
밤사이 여행을 떠난
긴 머리를
어루만지며
빗고 또 빗어 본다

다시 지울 수 없고
오랜 기억으로 되돌릴 수 없는
거울 속 나는
햇살 아래 어떤 모습으로 있나

아, 거울 속 깊이 피어났던
행운목을 보니

그 꽃은
향기를 발하여
나의 가슴 설레이게 한다

일상에서
- 수다를 떤다

산등선 따라 걸으면서
죽은 나무 뿌리
숲과 새
물고기와
수다를 떤다

소나무 그늘에 앉아
벌거숭이 되어
솔방울 맺게 하신 분께
나의 비밀 보자기
뒤집어 본다

숨어서 듣고 있던
작은 새 한 마리
흑, 흑!
방글, 방글
지저귀며 나의
어깨 툭 치고 날아간다

일상 속에서
- 별을 수놓는 여자

긴 겨울 밤
빗소리에
이 밤을 밀어내는 꿈꾸어 본다

서랍장을 정리한다 그이에게
물 한 컵 건네주다가 문득
나에게도 싹싹한 아내 하나 있었으면

텃밭에 심어 논 고구마 이파리
손가락으로 툭툭 건드려 약도 올리며
고랑 따라 거닐 때 함께 거닐……

솔잎 향내 취해
산봉우리 마냥 헤메이다가,
노을지는 저녁
지는 해를
같이 바라 볼 아내

많이도 아파
이것이 꿈이였다면
놀라는 새벽 나를 꼭 안아 주는 아내

어느 날은
식사 준비 집안 일 다 접어두고
온종일 음악 들으며 밤새도록 같이 놀아 줄
애인 이상의 아내

늘 나와 함께 푸른 강물로 젖어 있을
멀리 가까이 있거나
라일락 향기로 내게 다가올 현숙한 아내

때로는
나에게도 그러한 이가
절실한, 또 다른 이유는 무엇일까
긴 겨울 밤
내내 생각다 새벽 빛 본다

승리자

목적도 없고
끝도 없이 자라는 너
나의 아름다움도 절대 포기 못해
열정 환희 사랑을
시간이라는 포대 자루에 넣어
마음껏 쭉 늘려 보는거야

아직은 먼 길
가보지 못한 길 혼자 가면
절대로 용서 못한다는 그가 있는데
못다한 사랑 이야기는 많고
하고 싶은 많은 일들이 열망하며
내 손길을 기다리고 있는데

많은 이유로 너는
무대 뒤로 영원히 사라지려는가

단순한 생존자가 아닌
진실로 번창한 승리자로
살아서 남고 싶은거야

3

지독한 사랑

지독한 사랑은
암이 살아 생명을 죽일 때까지
진정 안달할 때가 있다

가로등 · 1

키가 큰, 멋없는 사내들이
밤낮 우두커니 보초를 서고 있다

그 사나이 외롭게
눈을 감고
어두워지면 눈을 뜨고는
무슨 생각을 하며
누구를 기다리는가

나의 그리움은
어디로 가라는 슬픈 신호등인가

오늘밤 멋없는 사내의 신호등 따라
새로운 지대로
걷고
걸어 가 볼까
가보지 못한 평야까지

가로등 · 2

당신 마음밭에
나는 서서
버팀목이 되기로 했어

외발로 서서
인공의 불빛을
내 마음으로 밝히고
그림자 길게 늘어뜨린
하루하루
나는 숨죽였어

비바람이 휘몰아 와도
눈 감고
흔들려선 안된다고
그렇게 눈짓을 했어

나는 여전히
외발로 선 가로등
그대 가슴엔
어떤 바람 불고 있나요

미스 루비

우리의 만남은
어미의 품속에서
눈도 뜨지 않았을 때였다

사랑 받기 위하여
갖은 재롱 다 떨고
노래하라면 목 갈라지도록 아!
주인이 잠을 잘 때 지키고 앉아
충성을 다했다

식구들 외출하면 현관문 앞에서
부동자세로 기다리고
차 소리만 나면 나의 대장 귀가한다고
안주인에게 신호를 보내도 시큰둥
꽁지 흔들어 대고
궁둥이 실룩실룩 기리기리 뛰면서 주인을 반겼다

그래, 난 우리 딸 루비 때문에 살지!
나라에 충성도 멋없는 마누라도
너만큼만 해라
너처럼만 충성하면 나라도 살고 나도 살지!

사람이 상처를 내어 마음 아플 때
미스 루비는
그 상처를 덮는 위로를 주었다

미세스 루비

하얀 털이 듬성듬성
비루먹는
전라도 과수댁
움직이는 것 귀찮아
지나다니는 사람
옷자락만 쳐다본다

그녀는 눈꼽 긴
흰 눈자위만 굴리며
무엇인가를
기다린다

아, 햇살은
어둠 깊이 파묻힌
나의 몸을
감싸주지 못한다
아픔이 무엇인지
모르는 채로

반짝이는 별만 헤이는
개 한 마리처럼
아파트 거실 안에서

왕성한 식욕
안온함으로 살고 싶어지는
나, 나의 애증

일상적 이미지
- 저 혼자 만의 길

창가에 밤 야경은
한 연인이 정답게 길 따라 걷고
가족은 한 곳을 바라보며 걷는데
친구가 목숨을 다하고 동행한다

같이 걷지만
그가 있어도 그대가 그리운 길 걷고
또 걷는다

한번도 가 본 적이 없는 길을 내서
멋지게 연출하다 막이 내리니
무대에 배우는
지금까지 연출한 것보다 더 먼 길
저 혼자 만의 길 떠난다

누가 먼저 출발하여
외로운 그 길 도착할까
낯설은 땅
그곳에서 연출자 지시 따라
새로운 무대가 펼쳐지네
내게 맡겨진 역할 어떠한 것으로 또 걷고
걸어 갈까

히말라야 산에 오르는

시각장애자 뇌성마비장애인이
히말라야 꿈을 꾸었다
거기라면 도전할 수 있으니까
히말라야 등산에 나섰다

불편한 몸 앞이 보이지 않아도
보이고 안 보이고는
중요치 않아
그곳에 오르고 싶었으니까
카메라 초점도 안 맞추고
아무 곳이나 사진을 찍는다

거기 서서 도전한다
히말라야는 희망
그 히말라야에서 꿈을 꾼다
시간이 오래 걸려도 올라 가는 게 중요하고
히말라야에 오르면 세상이 다 보인다

산에 오르면
마음은 가난해지고
히말라야에서
그녀들이 만난 것은 자기 자신
남을 위해 살고 더불어 사는

지독한 사랑

사랑하는 여인에게도
암 같은 병을 앓고 싶어
안달할 때가 있다

암 병동에
자청하여 입원하는
그 환자가 젊어서 취한 아내를
즐거워 않고
지독한 사랑을 하고 싶어하는

이방 여인의 가슴에 안기는
지독한 사랑을 하는 환자에게도
항암제와 방사선 치료는 있다
그것은
그 아내를 주신 이에게로
속히 돌아가는 것이다

지독한 사랑은
암이 살아 생명을 죽일 때까지
진정 안달할 때가 있다

동창생을 만나고

갑자기 무너져 흙이 될 사람들
각자 무엇이 되어 만났던가

나, 열심히 살았지!
이제 한숨 돌릴 수 있어!
이루어 놓은 것
그것들 때문에 목소리 커져
다물 줄 모르는 입들이 하늘을 찌른다

신체 건강하다고,
나보다 가진 장점 많다고
가진 권력 풍부함 높여 달라
내로라하는 사람이 되었다고
입술을 크게 벌려 아우성치니
요란한 불자동차가
귓가를 떠날 줄 모른다

아! 길 가던 한 사람
무너져 내려 흙이 되었네
흑흑 울면서
흙이 되었네

그 여자

별빛 속
들꽃같이 여린 여자

주렁주렁 달려있는
눈물주머니를
산 속 달려가
소나무에게
펑펑 나누어 주는 여자

새로운 생명 잉태키 위해
나뭇잎 책갈피에 말리는 여자

건너 편
저편에 서서
아무 것도 아닌 불꽃같은
그 여자를 보고 있다

한 남자의 눈동자 속에서
들리지 않는 소리 찾으며
꽃피워
살아지지 않으려는 그 여자
손가락 사이로
바람이 빠져나간다

유통기간

헌 짐 가구 다 버리고
이사 오지만
이사 와서도 버려지는
못쓰는 보따리들 많다

책상 책꽂이 전기밥솥 장난감
세탁기 냉장고
낡아진 것
낡아져 가는 것들

고장 나고 수명이 다 되어 버리는 것
종종 고장이 나도 버리지 않고
고쳐 쓰거나
미관상 보기 싫어도
그냥 쓰는 것들
유통기간이 다 되어 버려진 보따리를 보니

나의 수명
병원 다녀 고쳐 쓸 수 있을까

게를 먹으며

펄펄 살아 있는 게 한 마리
왕성한 나의 욕구
도마에 올려 놓고 힘껏 내리친다
몸통이 다 잘리고도
풀 죽지 않는
영리하지 못한 게
영리하지 못한 나

잘 할 수 있다 잘 살아보자고
좌우 옆으로 부지런히 움직이며
뱃속에 살을 붙였는데
노랗게 잉태한 아가들까지 파먹힐 줄이야
살 속에 뼈를 붙이고 사는 인육이
그렇게도 맛있다 더라
나는 누구에게 먹혀 줄까

펄펄 살아 있는 이 한 몸
칼 도마 위 어떻게 하는가
나를 지켜 볼 하늘 계신 분 생각에
왕성했던 나의 식욕 슬며시 내려놓는다

우산이 되어 준 그 남자

친구가 편지를 했다.

엉거주춤
그녀의 어색한 가발은
빙그르 돌아가
가상인 허구들
얼굴을 짓이기고
흩으려 놓았다고

머리 보고 놀라 정 떨어졌지?
무슨 소리야 이전 보다 더
사랑스럽고 예뻐
당신은 기본이 있잖아,
배우 강수연 그녀보다
두상도 예쁘고, 당신 멋있어!
그리고 난 당신 가슴 머리,
몸 일부분과 결혼한 것이 아니라고!
소록도에 있는 당신이라도,
앞이 전혀 보이지 않는
싸움일지라도, 당신 아끼고
더욱 예쁘게 살고 싶어
당신을 누구에게도 빼앗기지 않을거야!

창밖에는 비가 내리고 있었고
늘 가까이서 그녀를 가리는
우산이 되어 주는
그녀의 남자가 있어서
새벽에 천둥 번개가 몰아쳐 와도
외롭고 무섭지가 않게
아픔을 잘, 이길 수가 있었다고……

목련 아가씨

목련 아가씨를 보고 가셨나요
학의 목과 같이
성스러운 자태로 태어나
빙긋이 웃으며
오가는 길손들을 아는 체 하니
길손들은 눈물 먹은 아픔 보따리와
영혼의 눈시울까지도 풀어놓고
위로를 받고 쉬었다 가곤 하네요

평안을 얻고 싶은 사람
그녀에게 기대서서
마음속 깊이 숨겨진 이야기
귀 기울여 보셔요

담장 가에서
맑게 살겠다고요
겨울에 잎은 다 져도
씨방은 끝까지 입에 물고
떨어뜨리지 않는다나요

의지날개로 버티는 사이라면
한 번 더 피워 줄

사랑싹이 든 꽃봉오리
꼬옥 가슴에 안고
한 겨울 또 견디어 봐요

서울대 호텔의 사랑

서울대 호텔에서 자본 적 있으신지요
내 친구는 한 달에 한 번 그 호텔에 묵으러 간다
서너 권 시집을 챙기고 시작 노트와 세면 도구
그녀만의 세계로

그곳에 가면
평온함은 어쩐 일인가
하루 저녁에 십만 원 넘는 이인실은 마음에
안 든단다, 한 사람이 아파서 자거나 수술, 치료받으러
나가면 외로워서
넓고 환한 육인실 수술도 하고 한두 명씩 치료도 하고
외출하고 돌아오면 제 일같이 아파하며
슬픔과 기쁨 잘게 부서 서로 나눌 줄 안단다

환자 가족이 쑥 냄새 물씬 풍기는 쑥떡을 만들어
감자도 파삭하게 쪄 가지고 왔다며
입 안에 쏙
병실 안은 모두가 깊은 상처와 아픔을 안고 있어
하루하루 사는 것 바람에 나는 먼지 같은
인생임을 알아
이쪽 편에서
저쪽 가장 가까이에 서 있는 모두이기에

서로가 사랑을, 아픔을 나누고
아픈 가슴이
아픈 이들 바라보고
아픔이 낫는다고 하기에
그녀는 집에 퇴원하기가 싫을 때도 있단다

친구가 한 달에 한 번 치료차
서울대 호텔에 자러 가는 것 기쁨으로 기다려지는
또 다른 깊은 이유는 무엇인지

궁 합

한 남자는 커다란 짐을 지고
무겁게 다가온다
이윽고
한 여자를 짓누른다
그 여자 김 서린 거울을 닦듯
나뭇가지를 걷으며
길을 찾아 나아간다

길을 잃고 숲에 들어오니
그 남자 나뭇잎이
힘 다한 바람을 슬며시 내려놓듯
커다란 짐을 내려놓는다
숲으로 통하는 집 한 채 보일까
그곳으로 점점 사라져 버린다
수고와 슬픔뿐 궁합이 안 맞아서인가
그의 얼굴은 눈물주머니가 치렁치렁 달려 있고

동장군 기승 부리던 어느 날
살갗을 찌르는 싸늘한 바늘은
도망 다니는 나의 혈관을 찾지 못하고
마구 찌르기를 네 번이나 시도한 바보 인턴
환자와 나, 궁합이 안 맞아서……

이번에 다시 혈관 찾을 인턴은 저보다 더
주사를 못 놓는다나
새로 온 인턴에게 궁합이 안 맞는 인턴과의 일을 다
일렀다
그 사람보다 제가 주사를 더 잘 놓습니다
실습용 어쨌거나 단 한 번 성공하고 싶어
단 한 번에 성공해 달라고 보고 계신 분께 도움 청했지

와!
그와 내가
단 한 번 궁합이 맞았다

행복이라는 저주

행복 여인이 있었다
그녀는 태어나
아픔 어려움 외로움은 한번도 겪어보거나
부족해 하지 못한 것이 없고
남편이나 자녀 모든 것 충족하고
가정은 언제나 평온하였다

그녀 자신이 하고 싶은 것 성취하여
부러움 박수에 익숙해지고
불운 그림자도 모르니
기도 영혼 천국 하는 것 비웃는다
알고 싶지도 생각조차 해 본 적 없다

행복 여인은 그렇게 행복하게 살다가
이슬처럼 흙으로 돌아 가
이제 성대한 장례식을 치렀다

그녀는 신이 어찌하여 나를 몰랐느냐고 물었다
왜 저에게 행복이라는 저주를 주셔서
신에 대하여 한번도 생각할 기회를 안 주셨습니까 물
어도
하늘은 영원한 침묵으로 대답하였다

내가 세상에서 행복하지 않는 것
얼마나 감사한가
나는 고난 속에서 빛을 보고
영원을 찾았다

아름다운 시집 한 권

내 몸속에 들어 있는 언어
하루 종일 밤낮없이 나를
감동케 하고
바람에 티끌같이 날아간다

지난밤 자다가 벌떡 깨어
새록새록 숨쉬는 너를 쓰다듬으며
이십사시간 부족해
또 그리워
지난밤 빛났던 낱말들이
나를 찾아보고 싶어
안달하는 모습에
여행을 나섰다

매끈한 시신詩神들은
부스스 일어나 활력 넘치는
테크닉으로
시를 불러주고 나는 받아쓴다

이제 귀여운 아기들
시 동생을 여러 명 출산할까
아름다운 시집 한 권
나의 흔적 남기려나

4

하늘 사랑

위대한 하늘 사랑 받은 것
열정적으로 주는 사랑 베풀고 싶다

길·1

어두움 오니 이슥하게
가로등 빛이 길 위에 뿌려졌다
갈라지는 양 길은 길을 가리킬 뿐

어느 곳 어느 때 숲 속에서 길을 잃고
경험에 의한 고통스러운 길이라고
이 길은 가지 마시오 라고 나로서는
가르쳐 줄 수 없다네

길가에 코스모스 몇 송이들이 고개를 살레살레
결국 걸을 수 있는 길 하나 택하여 걷는다
길이 없어지면 만들어 걷다가,
뒤돌아보니
아, 낯선 길에서 길 잃고 헤매는 방랑자
올라올라 가다가 급기야
내려내려 가는 길

어느덧 고개 너머
헤진 옷 입은 그녀
수많은 사람 만나고 수많은 일을 치르고야
돌아 돌아서 가는 길 보이네

길 · 2

소년 시절 불길 속
가마솥 길도 자신이 있었다
길을 내는 것도
닦는 것도 아니
그저 흐를 뿐이라는 것을

어느 날 내 안에 길이 트이면
바깥 길이 나를 부르고
내가 더 외로워지면
더 고개 숙이고
어푸러지면
그때 보이는 길이 있다는 것 알았다

앞서 가는 사람에게
내가 가는 길
어디에 있소 묻지 않고 다만
나의 주어진 길
마저 걸으려고
안개가 뿌려진 가로등 따라
택한 길을 오늘도 걸을 뿐

하늘 사랑

나는 매일 매순간 허기지고
갈증에 목말라 있다 그때마다
시원한 물로 목을 축여
사랑이란 것을 배운다

사랑은 물
눈과 사랑을 먹고 마신다

피곤할 때 빠른 치유 목적으로
하루 두 번 아침저녁으로 목욕을 한다
탕 안에 알맞은 온도 물을 담아 사랑을 담아
악성종양 같은 마음에 때를 씻어 내며
한 번씩 아니 여러 번 잠언 말씀을 묵독하면서
그 탕 사랑 안에 잠겼다 나온다

사랑 물 탕 안에 수차례 나왔다 들어갔다
사랑 탕으로 목욕을 하고 나면
사랑을 먹은 정열적인 투우사가 된다
위대한 하늘 사랑 받은 것
열정적으로 주는 사랑 베풀고 싶다

죽어야 산다

외로운 산봉우리 꽃은
매력 줄기와 이별을 하고
수많은 벌레 되어 피 토하고
자결을 하였습니다

벌레만큼만 낮아지게 살다가
매미만큼만 슬퍼하고 울다가
허무해 하고 돌아가라고 하기에

벌레만큼만 사랑 받다가
벌레만큼만 행복하다가 돌아가렵니다
인생은 죽음과 부활의 연속
존재한다는 것은 죽는다는 것입니다

죽어야 삽니다
나는 내 속에서 어두운 그늘을 벗고
다시 태어나기 위해서
매일 죽어야 합니다

부 활

나는
징계 받은 자 같으나
그의 곁에 돌 감람 나무로 붙어 있는
아직 죽임 당하지 않은 자

현관 한 부분이 막혀 주은 자 같으나
다시 살리시고
처참한 상처 허물과 사망 이기시고
부활하신 그분
어두운 골짜기에 나를 건지셨네

죽음 문턱에서 앞서거니 뒤서거니
고통하며 사선을 넘나들 때
어둠 공포 사망 이기시고
부활하신 그분
어두운 골짜기에서 나를 건지셨네

햇 빛

변함없는
그 햇빛

오늘 내 머리 위
그림자가 다르게 비춰 보이기 때문인가
내 마음 평화가 깃든 어떤 이유일까
빛을 낮이라 칭하신
하늘 위 거룩한 자가
보기에 좋았던 그 빛

이천 년 전부터
타오르는 저 햇빛에
나의 아픔
가슴앓이 어둠을
뼈 속 깊이까지 태워 버리고 싶네

그 태양은 나를 지명하여
시방
너는 내 것이라
내 것이라
울고 있는 너는
평안해야 한다 하네

폭포수 눈물

네 육신 예리한 칼로 저미어 내어
참을 수 없는 고통에서 울고 있니

그 저미는 아픔
그 분의 통증에 비할까 보냐
폭포수 같은 눈물
끊임이 없구나

이전에 육신을 위한 시간
물질 아까워 우는 눈물
온갖 정성 받친
죄악 후회함에서 우는 눈물이네
억만 번이나 주님을 십자가에 못 박힘
내 눈을 흐리게 하는구나

죄 사함 받아
병 고침 받기조차
송구스러워 우는 눈물
이 눈물 마를 날이 없네

천국의 소망으로
기뻐서 우는 눈물

주님 주신 기쁨의 눈물
영원히 흐르는 눈물이고 싶네

새사랑 교회당

수락산 입구 맞은 편
저녁 노을같이 발갛게 타오르는 곳에
바다와 숲 속에서 안주할 수 있는 것처럼
쉼터가 달린
누가 보아도 마음에 드는
새사랑 교회당이 있다

성전 뜰에는
솔향기 취하게 하는 향그런
소나무 몇 그루가 정답게 손잡고 있고
위태롭지만 언젠가
고운 자태를 뽐내 줄 목련 한 그루
진달래 철쭉 연산홍은 울긋불긋 단장하고
입가에 환한 미소 머금어 아는 체 반긴다

사시사철 푸른 이파리들도
이미 죽은 우리네 영혼까지 불러들여
새로운 사랑 씨앗을 싹 틔우며
주님 발자국 듣게 한다

나도 성전 뜨락 나무되어
눈가에 배시시 웃음 머금고

그분 이름을 위하여
새사랑 씨앗 싹 틔워
나의 이웃이 .
주님 말씀 들을 수 있게
한 송이 꽃 활짝 피우리라

향기있는 아름다운 삶
- 고 백낙기 목사님을 기리며

용천에서 홀로 내려 오셔서
한번도 가보신 적이 없는
목회 초행길을 우여곡절 끝에
삼십사 년이라는 종착역에 닿자
양떼들 잡은 손 살며시 놓으시고
외로운 그 길
꿈 같은 산보 길 끝내셨습니다

노을 빛 기슭에 비추니
목사님은 주님처럼 몸으로 보여 주신 것
우리들 가슴에 많은 교훈 남겨 두시고
지금까지 살아온 것보다
더 먼 길, 또 초행길을 홀로 떠나셨습니다

같은 산을 바라보던 모두를 뒤로하시고
이제 백낙기 목사님은 창조주 앞에 서시어
잠깐 보여 준 삶 세상 초행 목회는
향기있는 아름다운 삶이었다고
자랑스럽게 말씀하시는 것이 눈에 보입니다

모두가 하나님 부르심을 받아
그 나라 이사를 가면

예수님 닮은 백낙기 목사님처럼
향기있는 아름다운 삶을 살다가 왔다고
자랑스럽게 말할 수 있을런지요

백낙기 목사님!
몸은 헤어져도 다시 만날 영광의 날
하루하루 기다리며 눈물 닦습니다

스무 살 이전에

예배 시간 늦겠다며 재촉하여 걷는다
예쁜 집사님이 영화 속 주인공처럼 자전거를 타고
집사님 늦었죠 나 자전거 타고 먼저가요
나 좀 뒤에 태우고 가
왕초보라 태울 수 없어요
그럼 내가 운전할게 뒤에 타
뒤에 털컥 올라를 못 탄다

난 도로 한복판을 달린다
그녀가 무거운 가방 두 개를 들고 따라오는데
나 혼자 편하게 독주하면 안되겠다는 생각
뒤돌아보고 또 보다 와장창
오늘의 삶처럼 다리에 피가 나고 아프다

얼마만에 느껴보는 이 기분
이렇게 달리고 달려 예까지 왔다
되돌아 갈 수 없을까
중학교 입학하던 봄날 운동장에서
며칠 동안 손발 무릎 피가 나도 넘어지며
자전거 배우는 것 달밤에도 신이 나 있었지
그때부터 변하여 버린 산을 몇이나 넘어 왔을까

삶이 초점을 잃었나
뒤돌아보다 또 넘어졌다

다리에 상처만큼 피가 나고 아프다
내 스무 살 이전에
눈부신 상처였으면 얼마나 좋을까

한 손 높이 들고

작정을 하고
기도회를 갔는데
두 손 들고 하나님께 영광 영광!
찬송 하다가 문득
나의 한쪽 부은 팔, 치료 처방은
언제 어디서나 한 손 높이 올리고

일평생
그분께 영광 돌린 것
얼마나 부실했으면
늘 한 손 높이 들고 살으라 명령할까
버스나 전철 안에서나
벽 앞에 서 있을 때나
화장실에서나
잠 잘 때도
왼손 높이 들고
붓기를 빼며
어떻게 하여야 주께 영광 돌릴까
늘 되내이며
곱씹어봅니다

이제 깨닫습니다
사나 죽으나
두 손 높이 들고 주님께 영광을!

열쇠 하나

그녀가 결혼을 했다
문득 신랑을 보니
신부에게 열쇠 하나
만들어 주고 싶었다
언제든지 신랑의 마음을 열어
사랑의 척도를 알 수 있는
맑은 눈을 가진 사람만이 볼 수 있는
그 문은 아무에게나 열리지 않는 문이라네

가는 길 열어, 좁은 길
넓은 길 들여다 볼 수 있는 문
생이 버거울 때는 바다에 나가 바닷물 열고
때로는 숲 속에 들어가 안주할 수도 있는 아직은
아무에게도 보여 주지 않은 문이라네

머나 먼 길 가는 사람에게
변하지 않는 만능 열쇠 선물하고 싶어
신부에게 그
열쇠 하나 툭! 건네고 왔다네

내 스무 살의 꽃잎 하나

지은 이·엄정옥
펴낸 이·임종대
펴낸 곳·미래문화사

찍은 날·2001년 11월 13일
펴낸 날·2001년 11월 19일

등록 번호·제3-44호
등록 일자·1976년 10월 19일
주소·서울시 용산구 효창동 5-421
전화·715-4507/713-6647
팩시밀리·713-4805
E-mail·miraebooks@com.ne.kr
mirae715@hanmail.net

ⓒ2001, 미래문화사
ISBN 89-7299-221-6

정가·5,000원

*잘못 만들어진 책은 바꾸어 드립니다.
*저자와의 협의하에 인지는 생략합니다.